LETTRE

D'UN ACADEMICIEN DE PROVINCE, A MESSIEURS DE L'ACADEMIE FRANÇOISE.

par M. du Molard.

M. DCC. XLIX.

qu'on avoit lû précédemment à vos Aſſemblées publiques pluſieurs Actes de la Tragédie de Catilina, & nous avons pour vous une eſtime trop reſpectueuſe, pour penſer qu'aucun de vous ait pû donner ſon ſuffrage à cette Piéce. Nous ſçavons même comment tout le Public en penſe aujourd'hui, & nous pouvons vous aſſurer pour notre honneur, qu'il n'y a perſonne dans votre Académie qui n'ait ratifié l'Arrêt porté par tout le monde à la lecture. Mais ce qui nous ſurprend, ce dont nous ne trouvons aucune raiſon, c'eſt que le Parterre de Paris ait pû être, dit-on, ébloui quelque tems à la repréſentation. Nous concevons très-bien que des Piéces mal-écrites puiſſent ſéduire ſur le Théatre, par quelques ſituations touchantes, cela eſt très-commun; mais nous ne voyons rien dans Catilina qui puiſſe le moins du monde excuſer l'illuſion. Il y a encore un autre point qui nous ſurprend, ce ſont les éloges affectés qu'on donne à cet Ouvrage dans certains Papiers publics, on le loue, on l'admire; & on en apporte en preuves des Vers de la Piéçe qui sont tous barbares & vuides de sens; de sorte qu'on ne sçait si ces Journalistes, politiques ou malins ont voulu rire ou parler sérieusement.

Nous pensons (& nous osons croire que c'est votre avis) que la faveur prodiguée à des piéces mauvaises à un certain point est infiniment plus dangereux pour l'intérêt des Lettres, que ne peuvent l'être les Critiques injustes des bonnes Piéces. Car, MESSIEURS vous sçavez combien le succès, même passager d'une méchante Tragedie, enhardit à en donner de pareille; combien la paresse s'encourage par cet exemple à ne pas travailler des Ouvrages qui demandent un soin si prodigieux!

On se dit à soi-même: Voilà une Tragedie sans conduite & sans versification qui a réussi; pourquoi me donnerai-je la peine extrême que l'économie de l'Art dramatique & la Poësie exigent, puisque je puis ſi facilement obtenir du ſuccès.

Voilà, MESSIEURS, ce qui produit cette foule d'Ouvrages mépriſables dont nous ſommes inondés en tout genre. Il faut oppoſer une digue à ce torrent : & vous, MESSIEURS, qui avez critiqué le Cid vous trouverez bon, ſans doute, que nous examinions ici, ſous vos auſpices, une Piéce qui a été autant favoriſée que le Cid fut perſecuté? Nous vous demandons pardon d'une telle comparaiſon, elle ne regarde que leur deſtinée.

Ce qui nous a frappés dès la premiere Scéne, c'eſt que les Perſonnages ne diſent point du tout ce qu'ils doivent dire. On parle en général de conſpiration ; mais on ne dit point comment, pourquoi l'on conſpire : on avoit devant les yeux l'admirable expoſition de Cinna ; mais on ſe garde bien d'imiter un tel modele.

Catilina commence par dire à Lentulus :

Ceſſe de t'effrayer du ſort qui me menace,

Plus j'y vois de périls, plus je me sens
d'audace.

Non seulement ces Vers sont mauvais, parce que cette expression, *je vois des périls au sort qui me ménace*, est un galimatias barbare, ainsi que tout ce qui suit ; mais ce même Catilina, qui dit, qu'on craint pour son sort, ménace au contraire le sort de Rome ; & ne dit pas un mot qui laisse seulement soupçonner *que son sort soit en péril*, pour me servir de ses expressions.

Comme cette Scéne a commencé par une contradiction, tout le reste nous en a paru une suite : Lentulus qui est non-seulement l'égal, mais le supérieur de Catilina lui parle ainsi :

Dis-moi, si ta fierté jusques-là peut
descendre,
Pourquoi faire égorger Nonnius cette
nuit.

Catilina daigne abaisser son orgueil, jusqu'à répondre en partie à cette question faite en si beaux Vers ; il ne dit pas, à la verité, quel est ce Nonnius qu'on a égorgé cette nuit ; mais il l'a fait égorger, dit-il, pour conserver son credit chez les Conjurés. C'est assurement un beau secret, & c'est la vraie façon de se faire des amis; mais il en apporte pour raison, qu'il *faut être prompt à plier*, & il ajoute admirablement & élegamment, qu'on doit

Laisser de son renom le soin à ses succès,
Tel on déteste avant, que l'on adore après.

Ce galimatias burlesque étant fini, le bon Lentulus change la conversation, & lui demande, par maniere d'acquit, des nouvelles de ses Maîtresses, Fulvie & Tullie, laquelle Tullie est fille *de Ciceron enfin l'objet de son couroux.*

Catilina répond que *cette flamme où l'on croit que tout son cœur s'applique, est un fruit de sa haine & de sa politique,* & qu'il ne s'applique à cette flamme, fruit de ſa haine, que pour perdre Ciceron: *qu'il a ſur ſes rivaux ſa gloire & ſa valeur, qu'il veut avec les Dieux partager l'Univers; qu'il punira Rome de ſon obeïſſance, & qu'il eſt né pour l'Empire ou pour la liberté.* Cet étrange perſiflage achevé il renvoye Lentulus pour faire obſerver Curius, dont il n'eſt point parlé ailleurs.

Tout cela ſe paſſe dans un Temple. Il a enſuite une Scéne avec un grand Prêtre, duquel l'hiſtoire ne parle point, & cette ſcéne n'eſt pas plus néceſſaire à la piéce que la premiere. Catilina y dit que ce Temple *eſt orné de ſes ayeux, que Rome a cru devoir placer parmi ſes Dieux*, quoiqu'aſſurement il n'en ſoit rien; il ajoute que *ces marbres généreux* lui diſent qu'il faut être *généreux autant qu'eux*, ce qui veut dire, ſuivant la conſtruction: qu'il faut être généreux comme ces marbres. Le grand Prêtre l'invite,

> A pouvoir ſe vanter au reſte des humains,

Que sans avoir des Dieux emprunté
le tonnerre ;
Un seul homme a changé la face de la
terre.

Et enfin Tullie interrompt cette conversation. Catilina renvoye le prétendu grand Prêtre, en lui disant noblement :

Et je vous rejoindrai bientôt si je le
puis.

Voici ensuite une Scéne entre Catilina & Tullie, qui est d'une espéce nouvelle. Le galant Catilina lui fait d'abord ce beau compliment.

Quoi, Madame, aux Autels vous devancez l'Aurore,
Et quel soin si pressant vous y conduit encore ?
Qu'il est doux cependant de revoir vos beaux yeux,
Et de pouvoir ici rassembler tous mes Dieux.

Tullie répond que si *ses yeux* sont des *Dieux*, *ses yeux* abhorrent les impies, & que si le pouvoir de ses *yeux* égaloit le couroux de ses *yeux*, la foudre deviendroit le moindre coup de *ses yeux*.

On auroit peine à croire que dans ce tems ici on puisse écrire de ce stile; cependant à la honte du siécle, la chose n'est que trop vraye, & nous vous avouons, MESSIEURS, que nous avons ressenti quelque indignation en voyant qn'un homme de votre Corps écrit, comme il n'auroit pas été permis à Garnier d'écrire; nous croyons que c'est contribuer au deshonneur de notre siécle & de vous-même, que de ne pas marquer combien vous êtes éloigné de tolerer de semblables sottises.

Je poursuis, MESSIEURS : Tullie se plaint qu'on a égorgé ce Nonnius, & toujours sans dire qui il est, ni par quelle raison, ni comment ce Nonnius a été egorgé cette nuit. Elle accuse Catilina d'une horrible conspiration & toujours en citant les *Dieux*, pour remplir les vers. Qui croiroit que Catilina ainsi accusé par sa Maîtresse par la fille du Consul qui a *des yeux*, dont la foudre devient le *moindre de ses coups*, lui pût répondre:

> D'un reproche odieux reprimez la licence,
> Songez, pour violer le respect qui m'est dû,
> Qu'il faut auparavant que je sois convaincu.

Tullie ayant donc manqué au respect, fait paroître un témoin; & ce témoin, c'est une maîtresse de Catilina, qui est déguisée en esclave. Pourquoi cette mascarade digne du Théatre de la Foire? Nous n'en sçavons rien; Fulvie cette Dame Romaine étant inconnue de Tullie*, n'avoit certainement pas besoin de prendre un habit de Valet, & si elle avoit quelque déposition à faire, si dans son emportement contre Catilina elle vouloit le perdre, elle le pouvoit & le devoit faire, sans prendre un habit qui ne cache pas son visage: Vous sentez, MESSIEURS, combien ce déguisement est pueril, indécent, inutile, & à quel point de telles mascaſades aviliroient la Scéne Tragique.

Catilina ainſi accuſé d'une conſpiration dont ni lui ni ſon Accuſatrice, n'ont encore fait le moindre détail, demeure ſeul ſur la Scéne, & ſe dit à lui tout ſeul tout ce qu'il auroit dû dire auparavant à ſes amis. Il eſt vrai qu'il le dit dans les Vers les plus durs, & les plus obſcurs qu'on ait jamais faits. Enfin il s'en va en concluant avec ſon élegance ordinaire que

Pour rendre ſans effet le couroux de Tullie,
Il va mettre à profit les fureurs de Fulvie.

En attendant, MESSIEURS, qu'il mette à profit les fureurs de Fulvie, nous vous demandons, ſi vous connoiſſez un premier Acte plus bizarre, plus obſcur, plus dénué de bon ſens, & plus barbarement écrit ? & nous vous demandons comment il a pû arriver que ceux qui étoient les protecteurs de cet Ouvrage, forcés d'abandonner les derniers Actes, se retranchassent à dire que le premier étoit plus beau que Cinna ? Voilà, jusqu'où le ridicule de l'esprit peut aller.

Les Protecteurs de Pradon avoient à coup sûr plus de raison de faire valoir sa Phedre : car, enfin, elle n'étoit que platte, & on ne pouvoit pas lui reprocher un langage toujours vicieux, & une conduite de la derniere extravagance.

Vous me dispenserez, Messieurs, d'entrer dans le désagréable & ennuyeux détail des Scénes du second Acte. Vous sçavez à quel point ces malheureux Dialogues qui n'aboutissent à rien, entre Catilina, le grand Prêtre & sa Maîtresse Fulvie, sont révoltans; mais c'est sur Ciceron que je ne peux me taire. Oui, Messieurs, vous devez, en qualité de Maîtres de la Langue & de soutien de l'Eloquence, une réparation autentique à ce grand Orateur, à ce Consul rigoureux, pénétrant & agissant, qui seul sauva la République. Vous lui devez justice de la façon indigne dont un Membre de votre Compagnie le fait parler & agir. Eh quoi, il sera dit que dans notre siecle & sous vos yeux, votre Confrere ait poussé l'ignorance & le mauvais goût jusqu'à nous faire du grand Ciceron un imbécile ? Quoi, MESSIEURS, quand toute la Terre sçait que cet admirable Consul veilla dans les premiers jours de son administration sur les menées de Catilina, que ce fut lui qui par ses soins infatigables, découvrit toute la conspiration, & qu'il arma tout l'Ordre Equestre; qu'enfin il parla avec tant de force au Senat que Catilina fut confondu par lui; il sera permis de venir hardiment nous peindre Ciceron, comme un vieux personnage de Comédie, à qui Catilina dit: qu'il fait l'amour à sa fille, & qui a la bêtise de donner dans ce paneau, & encore pour rendre cette impertinence complette, ce bon homme que Catilina a traité comme un valet, se met à dire dans un monologue;

Ah ! qu'il eſt dangéreux , & qu'il eſt
redoutable ;
Employons ſur ſon cœur le pouvoir de
Tullie :
Puiſqu'il faut que le mien à ce point
s'humilie.

Je ne parle pas ici, MESSIEURS, des Vers plats, obſcurs, raboteux, barbares qui fourmillent dans ce ſecond Acte ; je ſuis ſi indigné du perſonnage bas & aviliſſant qu'on donne au plus grand homme de ce temslà, que toutes les autres fautes diſparoiſſent devant cette énorme bevûe. Si la fidélité de l'hiſtoire demandoit du reſpect pour la mémoire de ces grands hommes de l'ancienne Rome, c'étoit ſans contredit pour Ciceron. Que diroient vos Mongaut, vos Bouhier, vos d'Olivet, en voyant ainſi deshonorer le pere de ſa Patrie & de l'Eloquence. Cette impertinence eſt bien digne de nos mauvais Auteurs d'aujourd'hui, qui dénigrent Ciceron, pour mettre en credit le petit ſtile pincé & fardé & qui voudroient donner du ridicule à l'antiquité la plus reſpectable, pour faire paſſer leurs jolies phraſes & leur jargon. Je demande juſtice à l'Académie d'un tel attentat contre l'Hiſtoire & contre l'Eloquence; je ſerois tenté de demander juſtice à la Nation de ce qu'au troiſiéme Acte on traveſtit des Députés d'une Province de la Gaule Ciſalpine ſoumiſe aux Romains, en Ambaſſadeurs de notre Pays; il eſt vrai qu'heureuſement on ne fait paroître qu'une fois ces Ambaſſadeurs inutiles: mais cette fois ſeule eſt encore trop. L'un de ces Miniſtres d'une eſpéce toute nouvelle, nommé *Sunnon*, aſſure Catilina, que *la foi de ſes pareils n'eſt pas frivole: Qu'il eſt Gaulois ainſi fidele à ſa parole que l'honneur eſt le premier de leurs Dieux. Qu'à leurs deſſeins c'eſt l'honneur qui préſide, que leurs Dieux, leurs Souverains, la gloire & le devoir* & le reſte, ſans que la phraſe ſoit ſeulement achevée. Il ajoute que dans ſes diſcours il a peu ménagé *la majeſté de la riviere du*

Tibre. Mais il conclud en faiſant toujours mention des *Dieux*, & toujours avec la méme pureté de ſtile,

> Sitôt que de nos ſoins notre ſort dépendra,
> Je parlerois aux Dieux, comme à Catilina.

Remarquez, Messieurs, que Catilina répond à ce beau diſcours :

> Je ne condamne point un diſcours magnanime,
> Qu'un intérêt ſacré doit rendre légitime ;
> Mais je le blâmerois, ſur tout, ſi ma vertu
> Ne vous inſpiroit pas un reſpect qui m'eſt dû.

Vous voyez que ce grand Catilina qui aime un diſcours qu'un ſaint intérêt rend légitime, aime fort qu'on le reſpecte ; il dit à la fille de Ciceron, qu'elle manquoit au reſpect qui lui eſt dû, & il veut, ſur tout, que ſa vertu inſpire à l'Ambaſſadeur Gaulois *le respect qui lui est dû.* Ce Gaulois dont l'honneur est le premier des *Dieux* & qui sçait très-bien qu'il a à faire à des scelérats, à une troupe de bandits, dit à Catilina leur Chef :

Ah ! dès que votre bras s'arme pour
la Justice,
Il n'ait point de Gaulois qui ne vous
obéisse :
Touchez dans cette main. Ce sont là
nos garants.

Après donc que cette main a été *des garants*, & qu'on a touché là, vous sçavez, MESSIEURS, le beau rôle que la fille de Ciceron vient jouer ; vous sçavez les belles maximes que Catilina débite ; vous sçavez que le succès est un enfant de *l'audace*, *que l'illusion suit l'homme prudent*, *que l'intrepide voit mieux ce que le phantôme fuit*, *que c'est un trait de prudence d'aller jusqu'à l'insolence.* Tout cela, MESSIEURS, est de la même force, de la même vérité, de la même élégance que tout le reste.

Je ne vous ennuyerai point de

de l'Assemblée du Sénat au quatriéme Acte, nous avons appris qu'on rioit à cette Scéne comme à une Farce, & le *tai-toi* dont Caton est régalé par Catilina, les injures des halles que ce Héros dit aux Senateurs, sont en effet la farce la plus basse que nous ayons vû depuis long-tems; il seroit superflu de rebattre ici ce que j'ai eû l'honneur de vous dire sur Ciceron.

Vous m'avouerez qu'il est extrêmement comique que le Consul, au lieu de prononcer une Catilinaire dise bonnement:

Catilina, daignez reprendre votre place,
De vos soins par ma voix le Sénat vous rend grace.

Mais il n'est pas moins plaisant que Caton dise,

Catilina; je crois que tu n'es point coupable;
Mais si tu l'es, tu n'es qu'un homme détestable:
Car je ne vois en toi que l'esprit & l'éclat

Du plus grand des mortels ou du plus
scélerat.

Je vois, MESSIEURS, que l'on n'a proscrit le *Car* dans votre Académie, bien qu'il ait soutenu autrefois des rudes attaques; mais je ne m'attendois pas à le voir en vers quelque noblement accompagné qu'il soit.

Puisque tout le Public convint à ce qu'on nous manda, que les deux derniers Actes étoient un peu foibles, ce n'est pas la peine de disséquer ici ces deux membres d'un corps qui est mort aujourd'hui: & je sens qu'une Critique en forme d'un Ouvrage qui n'a point de forme, pourroit à la fin ennuyer autant que la Piéce même. J'ajouterai seulement que quand même la piéce eût été aussi-bien conduite que l'est l'Electre de Sophocle, la façon dont elle est écrite d'un bout à l'autre, la rendroit un Ouvrage détestable & ridicule; c'est vous que j'en atteste, MESSIEURS; connoissez-vous un bon Ouvrage mal écrit? Il n'y en a point; & Boileau a prononcé cet Arrêt. Vous sçavez comme il étoit révolté, en mourant, contre le stile vicieux de Rhadamiste, & Mr Racine nous apprend, que ce grand Critique, disoit que le stile des Pradons étoit fort au-dessus de celui de tous ces Ouvrages bousoufflés & pleins de barbarismes, qu'on donnoit alors, & qu'on a donné depuis.

Mais, MESSIEURS, si vous mettez les mots de *Paris* & de *Publics* dans votre Dictionnaire daignez nous définir ce que c'est que *Public* de *Paris*; ayez la bonté de nous dire par quel étonnant prestige on a été pendant vingt représentations à une Tragédie qui faisoit rire, & qui est regardée à present par tout le monde comme un chef d'œuvre d'absurdité? Dites-nous, si on a été voir quelquefois cette piéce dans le même esprit, qu'on lit le Poëme de la Madelaine, dont il y a eû plusieurs Editions? C'est donc le privilege du ridicule d'attirer la populace; nous sommes persuadés que la postérité sera très-embarrassée à expliquer cette énigme: nous l'avons trouvée dans le Mercure

Galant ; mais nous n'avons pû en deviner le mot. Ce Mercure qui conserve toujours avec le même éclat sa place ordinaire parmi les Ouvrages littéraires, vient dans nos Provinces : nous y avons lû un Article sur Catilina dressé par M. Remond de Sainte-Albine, dans lequel on prodigue des éloges à cette Piéce, aux dépens même de Racine. Voilà, MESSIEURS, où nous en sommes, nous devenons la risée des autres Nations : On dit par tout que nous retombons dans la barbarie ; cependant il est certain que le Public n'est point Ostrogot ; que si les Auteurs le sont, & s'il le tolere quelque tems, il réclame ensuite contre sa propre indulgence avec autant de force qu'il a paru avoir de foiblesse; mais supposé que dans quelques années, on sçache que les Journaux ont loué Catilina, & que la plus méchante & la plus folle Piéce qui ait jamais paru, a été imprimée au Louvre, que pensera-t-on de nous? Voilà, MESSIEURS, ce qui nous a engagés à prendre la liberté de vous écrire, afin de dépoſer entre vos mains une proteſtation contre les juſtes reproches qu'on pourroit faire à notre ſiécle : nous oſons même aſſurer qu'il eſt néceſſaire que vous donniez à cette occaſion quelque marque du zele que vous avez pour le bon goût, & pour la pureté de la Langue qui ſont ſi indignement violés aujourd'hui. C'eſt ce que nous attendons d'un *Corps* auſſi reſpectable.

FIN.

www.ingramcontent.com/pod-product-compliance
Ingram Content Group UK Ltd.
Pitfield, Milton Keynes, MK11 3LW, UK
UKHW032037260826
14628UKWH00007B/3013

9 782019 669553